MW00974252

Buenaventura Vidal, Nicolás
    Amaranta porqué / Nicolás Buenaventura Vidal ; ilustraciones Mauricio
Trejos. -- Edición Ricardo Rendón López. -- Santafé de Bogotá : Panamericana
Editorial, 1998.
    84 p. : il. ; 17 cm. -- (Que pase el tren)
    ISBN 958-30-0496-0
    2.   Cuentos infantiles colombianos 2. Niños - Cuentos 3. Fantasía - Cuentos
I. Trejos, Mauricio, il. II. Rendón López, Ricardo Andrés, ed. III. Tít. IV. Serie
I863.6 cd 19 ed.
AGJ4935

          CEP-Biblioteca Luis-Angel Arango

Amaranta

¿Porqué

Nicolás Buenaventura Vidal

Amaranta
Porqué

Ilustraciones
Mauricio Trejos

PANAMERICANA
EDITORIAL

Editor
Panamericana Editorial Ltda.

Dirección Editorial
Alberto Ramírez Santos

Edición
Ricardo Rendón López

Ilustraciones
Mauricio Trejos Hernández

Autoedición
Yenny Marcela Padilla C.

Prólogo
María Claudia Álvarez

Primera edición en Panamericana Editorial Ltda., noviembre de 1998
Segunda reimpresión, marzo de 2001

© 1998 Nicolás Buenaventura Vidal
© 1998 Panamericana Editorial Ltda.
Calle 12 No. 34-20, Tels.: 3603077 - 2770100
Fax: (57 1) 2373805
Correo electrónico: panaedit@panamericana.com.co
www.panamericanaeditorial.com.co
Bogotá, D. C., Colombia

ISBN del volumen: 958-30-0496-0
ISBN colección: 958-30-0416-2

Impreso por Panamericana Formas e Impresos S. A.
Calle 65 No. 95-28, Tels.: 4302110 - 4300355, Fax: (57 1) 2763008
Quien sólo actúa como impresor.

Impreso en Colombia   Printed in Colombia

Por qué Amaranta

Amaranta **Porqué** nació para ser contada y forma parte de uno de esos espectáculos de narración oral en el que Nicolás conjuga la música con el canto y el relato. En esta historia hay un cuento que está inspirado en la tradición afroamericana: se trata de **B***oca*, **B***razo* y **P***iernas*, un relato que el autor tuvo oportunidad de escuchar en Grand Akousin —una aldea en Costa de Marfil— y en la costa Pacífica colombiana, dos regiones del mundo excepcionalmente unidas por su pasado. Recreado y adaptado a situaciones de la vida en la ciudad, el cuento se convierte aquí en una interesante propuesta que transforma el texto oral en texto escrito y permite a sus lectores ingresar al mundo de las historias que a lo largo de muchos años se han transmitido a través de la palabra.

María Claudia Álvarez

para
Consuelo

¿Conoces a Amaranta? Es una niña traviesa y curiosa que todo el día, todos los días, a toda hora, en todas partes, le pregunta a todo el mundo ¿por qué? ¿Por qué esto? ¿Por qué aquello? ¿Por qué una cosa? ¿Por qué la otra? ¿Por qué? ¿Por qué? ¿Y por qué? Hasta cuando está dormida pregunta por qué…

Tanto y tanto pregunta que en su casa, en el barrio y en el colegio han terminado por llamarla "Amaranta Porqué".

Una noche se quedó dormida mirando el cielo y por la mañana se levantó con una pregunta que le producía piquiña en la frente. Despertó a su mamá antes de que sonara la campanita del reloj para preguntarle:

—¿Por qué la Luna está tan alta en el cielo, ah? ¿Por qué?

La mamá abrió un ojo, la miró, miró el reloj y le dijo:

—Ahora no Amaranta, es muy temprano.

Amaranta esperó que sonara la campanita y vio cómo, en un segundo, su mamá se levantó, se bañó, se vistió y mientras hacía el desayuno terminó de peinarse. Se le acercó y le dijo:

—Mamá, ¿ahora sí? Dime ¿por qué la Luna está tan alta en el cielo, sí?… Cuéntame ¿por qué…

La mamá la interrumpió muy seria:

—¿No ves que estoy muy ocupada? No te puedo responder en este momento, ¡tengo muchas cosas que hacer!

Amaranta se alejó de mal humor y de pronto descubrió a su papá que todavía no se había levantado; se le acercó y le preguntó muy bajito al oído:

—Papá, ¿me cuentas por qué la Luna está tan alta en el cielo?

Él la miró, miró la hora en su reloj, salió rápidamente de la cama y mientras con una mano se cepillaba los dientes y con la otra se calzaba los zapatos, le respondió con la boca llena de espuma:

—¡Ammaranta! Mnn, ¿no vess que esstoy ocupado? Mnn, en esste mommento tengo mmuchas cossas que hacer, no te puedo contesstar.

Como nadie respondía sus preguntas, Amaranta se puso a pensar: ¿por qué será que los adultos siempre están ocupados? Tienen muchas cosas por hacer y todas son muy importantes. ¿Será verdad?

Al día siguiente, bien de mañana, decidió ir a ver si de verdad los adultos estaban ocupados. Salió de su cuarto, llegó frente al de sus padres, abrió la puerta y vio que estaban ocupados; tanto que estaban rotos, separados, divididos, en pedazos. El tronco de su papá estaba tomando una ducha mientras sus pies atravesaban el cuarto de un lado a otro buscando los zapatos. El cuello quería meterse en la corbata, las piernas perseguían a los pantalones, un brazo saltaba tratando de alcanzar una camisa y el otro intentaba cepillar los dientes que se escondían detrás de una toalla.

Muy extrañada, Amaranta buscó a su mamá y no la encontró, pero vio su boca hablando por teléfono mientras los ojos leían un libro. Una mano estaba corrigiendo un examen y la otra hacía la lista del mercado. Los pies corrían detrás de las sandalias y las piernas perseguían una falda morada; una oreja escuchaba las noticias de la radio y la otra se paseaba perdida al lado del escritorio…

—¡Los adultos, los adultos! —comenzó a gritar Amaranta—. ¡Los adultos! Están muy ocupados porque hacen muchas cosas al mismo tiempo y hacen tantas cosas al tiempo porque están muy ocupados; por eso están rotos, separados, divididos, en pedazos.

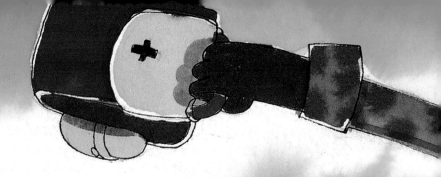

Salió rápidamente del cuarto de sus padres y en el corredor se encontró con su hermano mayor que se dirigía hacia la universidad; de pronto su brazo se devolvió a buscar el maletín, las piernas se fueron a jugar fútbol y los ojos a instalarse delante de la televisión.

Amaranta, muy impresionada, miraba a su hermano que se iba partiendo en pedazos, cuando sintió un dolor en el hombro y de un momento a otro su brazo comenzó a separarse, se desprendió y desapareció. Se había ido a hacer una tarea de geometría para el colegio; un instante después lo siguieron su otro brazo, las piernas y el tronco y no quedó más que la cabeza de Amaranta.

Esa cabeza, sola, comenzó a perseguir a los brazos, a las piernas, al tronco… Salió de la caja de cemento en la que vivía y avanzó por la selva gris de edificios, puentes y autopistas que era su ciudad, donde todo el tiempo pasan esos bichos grandotes que tienen cuatro ruedas y echan humo por detrás; los únicos animales que Amaranta había visto en su vida.

La cabeza de Amaranta siguió avanzando hasta llegar a una cueva oscura, se internó en aquellas tinieblas y en lo más profundo se encontró con un Geniecito pequeñito, negro, de orejas puntudas y ojos saltones que le dijo:

—Eh, *psst* ¿quieres que te cuente un cuento?

—¡Qué cuentos ni qué cuentos! ¿No ves que estoy muy ocupada? Estoy buscando mis brazos, mis piernas, mi tronco… no puedo pararme a escuchar cuentos. ¡Tengo muchas cosas que hacer!

En ese momento la cabeza de Amaranta se dio cuenta de que estaba hablando… ¿como quién?… ¡Exacto! Como los adultos, sí, como sus padres. Se detuvo, se puso a pensar, miró al Geniecito y decidió:

—Sí, cuéntame una historia.

Y el Geniecito de las orejas puntudas y los ojos saltones contó:

La historia de Boca, Brazo y Piernas

Había una vez tres hermanos que se llamaban Boca, Brazo y Piernas. Resulta que un día andaban de paseo y llegaron a una laguna de aguas frías y profundas. Como Boca era tan glotón, le dijo a uno de sus hermanos:

—¡Eh!, Brazo, préstame tu arpón que quiero comerme uno de esos peces.

—No, Boca; tú de pronto me lo pierdes.

—No te preocupes, yo tengo buena puntería; además, si lo pierdo te puedo dar otro.

—Pero yo no quiero otro, a mí me gusta el mío.

—Sí que eres terco Brazo, ya te dije que tengo buena puntería.

—Está bien, te lo presto si prometes devolvérmelo.

Boca prometió, Brazo le dio su arpón y él apuntó, lanzó, el arpón se hundió en el agua y desapareció.

—¿Viste, Boca? ¡Fallaste! Y ahora ¿qué vas a hacer?… Te va a tocar meterte a la laguna y traer mi arpón. ¡Tú prometiste!

—No, no, no me hagas eso hermanito —decía Boca—. ¡Esa laguna está embrujada!

Y era cierto, todos los que se habían metido en esas aguas habían desaparecido.

Brazo, que era bien terco, no se dejó convencer:

—¡Yo quiero mi arpón!

—Pero te puedo dar dos, te voy a dar tres: uno rojo, otro negro y otro amarillo —le decía Boca.

—¡Nada! ¡Yo quiero el mío, no quiero otro! —repetía Brazo.

Regresaron a la aldea donde Pies, Hombros, Ojos, Dedos, Cabeza, Orejas, Cuello, Nariz... todos trataron de convencer a Brazo para que no obligara a Boca a tirarse a la laguna, pero no pudieron hacer nada; Brazo era caprichoso y no daba su brazo a torcer. A Boca le tocó cumplir su promesa: regresó a la laguna, se tiró y se fue hundiendo en una oscuridad cada vez más y más ciega.

Cuando estaba en el fondo escuchó un ruido de pasos que se acercaban: era la Armada del Genio de las Aguas. Apenas vieron a Boca lo atraparon, lo amarraron, lo encerraron en una celda y le dijeron que lo iban a matar porque allí no querían a los extranjeros…

La cabeza de Amaranta escuchaba aterrada la historia y de pronto oyó un ruido: eran sus brazos y sus piernas que acababan de llegar y querían escuchar la historia. Ella se puso a perseguirlos, pero se le escapaban, se le escondían, la engañaban. Entonces el Geniecito continuó su relato:

Boca estaba en su celda, triste porque lo iban a ejecutar y en ese momento entró un Pececito de colores que temblando de miedo le pidió:

—Oye, tú, ¡escóndeme! Escóndeme en algún lugar porque hay un Pecezote grandotote que me quiere comer.

Boca se abrió, Pececito entró y Boca se cerró.

Poco después llegó Pecezote y dijo: —¡Hey!, tú, ¿no has visto por aquí un Pececito? Es que es muy travieso y me lo voy a comer.

Y Boca: —Mm.

Entonces Pecezote volvió a preguntarle:

—¿Qué dices?… ¿Por qué no hablas?

Y Boca: —Mm.

—¿Cómo? ¿Qué? ¿No has visto a ese Pececito travieso?

Y Boca: —Mm, mm.

—Pero di algo.

Y Boca: —Mmmn.

Hasta que Pecezote, aburrido de que no le contestara se fue, creyendo que ese desconocido era un grosero y se estaba burlando de él.

Terminado el peligro, Boca se abrió, Pececito salió y dijo:

—Gracias, gracias. Me salvaste la vida. Pero… ¿Por qué estás tan triste? ¿Qué te pasa?

Y Boca le contó que lo iban a matar al día siguiente porque allí no querían a los extranjeros…

—Eso no es problema. Lo que tienes que hacer es pedir la mano de la Hija del Genio de las Aguas.

—¿¡La mano!?

—Sí, pide que te dejen casar con la Princesa de la Laguna.

—Aahhh.

Pececito se asomó a ver si no andaba por allí el grandulón aprovechado y como no lo vio, dijo:

—¡Adiós! —y se perdió.

Boca pidió casarse con la Hija del Genio de las Aguas, pero antes de permitírselo lo llevaron a un cuarto donde había cien niñas que se parecían como gotas de agua y él tenía que adivinar cuál era la Princesa.

—Pero si no la conozco… ¡Jamás la he visto! ¿Cómo voy a reconocerla? —decía desesperado.

—Para casarse con la Princesa de la Laguna hay que pasar una prueba y las pruebas son difíciles —le contestaron.

—¡Pero eso es imposible! ¿Ustedes creen que uno puede reconocer a alguien que nunca ha visto? —protestó.

La cabeza de Amaranta se movió de un lado a otro diciendo que no, que eso no era posible y el Geniecito dejó escapar una sonrisa; los brazos y las piernas se acercaron a la cabeza y en ese momento entraron a la cueva el tronco y el cuello que se quedaron en silencio esperando la continuación de la historia.

Boca miraba una a una a las cien niñas y se preguntaba:

—¿Será ella? Pero si es igualita a ella. ¡Entonces ella! No, tampoco, se parece mucho a ella. ¿Y ella? Imposible, es la misma… Todas, todas son iguales…

Trataba de encontrar algo que las diferenciara pero mientras más las miraba más se le parecían.

Y cuando ya creía que no iba a reconocerla y que lo iban a matar sin que pudiera hacer nada, vio entrar a Pececito que se quedó nadando sobre la cabeza de una de las cien niñas. Boca gritó emocionado:

—¡Es ella!

Y *ella* era la Princesa de la Laguna.

Esa misma noche se celebró la boda de Boca con la Hija del Genio de las Aguas. Asistieron el Pez Saxofón y el Pez Maraca, el Pez Trombón y el Tiburón, llegaron el Pulpo Baterista y el Cangrejo Guitarrista. Todos los peces de la laguna celebraron, bailaron y se emborracharon… ¿Has visto alguna vez a una ballena borracha? ¿Y a un pulpo? A los pulpos cuando se emborrachan les da por hacerle cosquillas a todo el mundo y se vuelven verdaderamente insoportables.

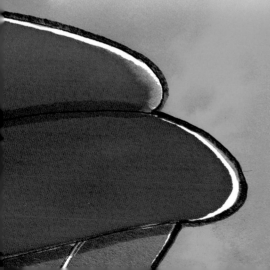

La cabeza de Amaranta negó, dando a entender que nunca había visto a una ballena en ese estado y su boca sonrió al imaginarse al pulpo, borracho, haciéndole cosquillas a todo el mundo con sus tentáculos; entonces se acordó de sus brazos y trató de alcanzarlos pero ellos fueron más rápidos y la esquivaron. El Geniecito siguió contando y la cabeza se detuvo de nuevo a escuchar:

Boca estaba feliz y en su fiesta de matrimonio le dieron dos sorpresas como regalo de bodas: el arpón de su hermano Brazo y la Luna, que tal como la vemos hoy en el cielo, nació en una laguna. Después de tres días de fiesta, Boca subió a la superficie con su esposa, la Luna y el arpón. En la aldea todos los recibieron muy contentos y cuando vieron a la Hija del Genio de las Aguas quedaron enamorados: Pies saltaba de un lado a otro, Piernas bailaba, Ojos parpadeaba, Nariz la olfateaba... Dedos, Ombligo, Rodillas, todos estaban enamorados y... ¿qué podrían hacer todos enamorados de la misma mujer?

Podrían declararse la guerra unos a otros...
O partirla a ella en pedacitos... O meterse
a la laguna a buscar a las otras…

La cabeza de Amaranta se quedó
pensando qué podrían hacer cuando sintió
que sus piernas se le acomodaban debajo,
luego su tronco, los brazos y el cuello y al
verse completa, respondió:

—¡Podrían reunirse!

Fue justamente lo que hicieron —siguió contando el Geniecito—. Se reunieron y eso dio lugar al primer hombre que hubo sobre la Tierra: Pies se puso en el suelo, encima Piernas y luego Cadera; después vinieron Tronco, Hombros y Brazos, enseguida Cabeza y en Cabeza, Ojos, Nariz, Boca… Todos se acomodaron… Cada uno en su lugar.

Amaranta estaba muy contenta de haber encontrado la respuesta y de hallarse al fin completa. Dio media vuelta con la intención de salir de la cueva, pero el Geniecito siguió contándole:

El terco de Brazo se enamoró de la Luna y quiso atraparla; se le fue encima con Dedos extendidos y ella, que no quería que la atraparan, dio un salto y comenzó a subir y a trepar, a trepar y a subir, a subir y a trepar… Por eso es que la Luna está tan alta en el cielo.

Cuando Boca vio lo que había pasado con la Luna se enojó muchísimo y le dijo a Brazo:

—¿Ves lo que hiciste? La espantaste. Ahora tienes que meterte en la laguna embrujada y traerme otra Luna.

—¡No! ¡No! —decía Brazo—, no quiero meterme en esa laguna.

La Hija del Genio de las Aguas miró la Luna en el cielo y dijo:

—¡Luna sólo hay una y es esa!

Entonces los de la aldea, reunidos, pensaron y decidieron castigar a Brazo: lo condenaron a trabajar.

Desde entonces, cada vez que estamos comiendo, Brazo tiene que trabajar para Boca y cuando estamos hablando, él acompaña y apoya las palabras de Boca. Por eso lo acomodaron a lado y lado de Tronco.

El Geniecito terminó su historia y Amaranta salió de la cueva, volvió a su casa y cuando abrió la puerta se encontró con la oreja de su mamá que se paseaba perdida por el corredor; Amaranta se acercó y le dijo:

—¡Eh!, oreja de mi madre…

Y comenzó a contarle la historia de Boca, Brazo y Piernas. En ese momento aparecieron la cabeza de su madre, las orejas de su padre, los ojos de su hermano y poco a poco, comenzaron a llegar brazos, piernas, ojos, caderas, pies, troncos… que revoloteaban alrededor de Amaranta; ella los miraba y seguía contando su historia.

Los tres hermanos… La laguna…
El Pececito… La Princesa… La boda…
El regreso a la aldea…

Y cuando dijo: —¿Qué podrían hacer todos enamorados de la misma mujer?

Sucedió que brazos, troncos, piernas, ojos, narices, bocas, orejas… de sus padres y de su hermano se quedaron inmóviles un instante y en seguida se pegaron cada uno en su lugar y a la persona que correspondía.

—¡Menos mal! —se dijo Amaranta que estaba muy preocupada pensando— ¿qué tal si la cabeza de mi mamá se pega con el tronco de mi hermano y con las piernas de mi papá? —Pero no, cada parte fue a su lugar y al final estaban todos completos, íntegros.

Desde entonces, cada vez que Amaranta ve que sus padres comienzan a hacer demasiadas cosas al mismo tiempo y dicen estar muy ocupados, les cuenta un cuento.

Si un día ves que tus padres
comienzan a partirse en pedacitos
—porque están muy ocupados—
aquí tienes una historia para contarles.